지금, 오늘을 살아요

2023. 9

나의 여자 친구

나의 여자 친구

서미애

위즈덤하우스

죄를 저지르는 것은 사람이 하는 일이며,

자기의 죄를 정당화하려는 것은 악마의

일이다.

—톨스토이

1

그의 약국은 아침 8시 30분에 문을 열어 밤 8시에 문을 닫는다. 약국이 있는 빌딩은 피부과와 이비인후과, 내과와 소아과, 거기에 치과, 정형외과, 통증 클리닉까지 여섯 층 모두 각종 의원으로 채워져 있다. 당연히 약국은 손님들로 북적인다.

종호는 이런 방면에 문외한이지만 건물을 보기만 해도 1층에 위치한 약국의 매출이 얼마나 좋을지 짐작할 수 있었다. 각 의원의 진료 시작 시간이 오전 8시 30분이니 아마도 거기에 맞춰 약국 문을 여는 것 같다. 진료가 끝나는 시각은 오후 6시. 그때부터 약국도 한산해진다. 그래도 동네 장사를 위해서인지 약국은 좀 더 늦은 시간까지 영업을 하고 저녁 8시가 되어야 불을 끈다.

종호는 오늘도 도로 건너 카페 창가에 앉아 약국을 보고 있다. 노트북을 꺼내놓고 옆에는 책까지 펼쳐놓았지만 그의 시선은 약국을 향한다. 차들이 오가는 4차선 도로 너머라 약국 안을 누비는 그의 모습을 놓칠 때도 있다. 그래도 괜찮다. 영업시간 동안 그는 거의 자리를 지키고 약국을 떠나는 일이 없다.

지난 며칠간 시간이 날 때마다 이 카페에 와서 커피를 시켜놓고 건너편의 약국을 지켜보았다. 하루 종일 죽치고 있다 보니 카페 주인이 눈치를 주기도 했다. 그럴 때면 가게를 나와 잠시 주변을 돌아다니다가 약국의 영업시간이 끝날 즈음 근처로 돌아왔다. 그가 약국 불을 끄고 퇴근하면 종호는 그의 뒤를 밟았다.

그의 집은 약국에서 10여 분 걸어야 하는 곳에 있다. 도로를 지나 한적한 주택가에 있는 집으로 들어가는 그를 확인한 뒤에야 종호는 하루를 마무리했다. 그렇게 얻은 정보들로 그의 일과를 세세하게 기록했다.

종호는 노트북 화면에 떠 있는 문서에 새로운 참고 사항을 적는다. 어제는 보지 못했던 사람이 약국에서 함께 손님을 받고 있다. 흰 가운을 입은 것으로 보아 새로 온 약사인 것 같다. 이제 약국에서 일하는 사람은 종호가 주시하는 남자를 포함해 여섯 명이 되었다.

　사실 이렇게까지 할 일은 아니다. 그에
관한 것은 수빈이 건네준 정보로도 충분하다.
하지만 종호는 그것으로 만족할 수 없었다.
앞으로 벌어질 일을 생각하면 철저한 준비와
계획이 필요하다. 하나라도 실수가 있으면
안 된다. 이왕 하기로 결심했다면 완벽해야
한다. 걱정과 두려움, 잘 해낼 수 있을까
하는 불안감, 이런 것들을 떨쳐낼 수 있는 건
완벽한 준비밖에 없다. 약국 주변을 맴돌수록
사람들 눈에 띌 가능성이 많아져 위험할
수도 있지만 직접 눈으로 확인하고 머릿속에
확실히 새겨둘 필요가 있었다.

　"내가 했던 얘기 다 잊어버려. 이건 내가
감당할 몫이야. 오빠까지 끌어들이고 싶지
않아."

　수빈과 통화를 하면 마음이 초조해졌다.

어색한 침묵이 흐르다 우는 기척이 느껴지면
내가 지금 너를 위해 어떤 계획을 세우고
있는지 말하고 싶기도 했다. 하지만 종호는
입을 다물었다. 준비를 모두 마치고 얘기해도
늦지 않다. 지금은 불안정한 수빈의 마음을
달래주는 게 중요하다.

"걱정 마, 수빈아. 내가 해결할게. 그냥
조금만, 조금만 더 기다려줘."

"……미안해. 너무 힘들어. 진짜 미쳐버릴
거 같아."

수빈이 받는 고통을 생각하면 더욱더
완벽하게 일을 처리해야 한다.

완벽하게 처리한다는 건 이 일이 끝난
뒤에도 자신과 수빈 모두 안전한 걸 의미한다.
그러기 위해 그가 어떤 사람인지 좀 더
조사하고 확인하는 것이다. 수빈에게는
이렇게 약국을 지켜보고, 그의 뒤를 미행하고

있다는 말은 하지 않았다. 그랬다간 수빈의
불안한 모습을 보고 그가 눈치챌지도 모르기
때문이다.

그를 지켜본 지 일주일, 이제는 결정을
내려야 한다. 종호는 아직도 준비가 안 됐다는
이유로 머뭇거리는 자신을 느끼고 혹시 겁을
집어먹은 건가 생각했다. 당연한 일이다. 여자
친구의 아버지를 죽인다는 게 그렇게 쉽게
마음먹을 수 있는 일은 아니지 않는가.

백동우 약국.
그는 자신의 이름을 걸고 약국을 하고
있다. 수빈의 아버지. 정확하게는 계부. 지금은
수빈의 유일한 가족이다. 수빈을 만나지
않았다면 종호는 백동우라는 인간이 세상에
존재하는지도 모른 채 한 톨의 관심도 없이
살았을 것이다. 사는 동네도 다르고 나이도

다르고 전혀 다른 영역의 사람이다. 어쩌다 이 동네를 지나치며 우연히 약국에 들어간다고 해도 말 한마디 나눌 확률도 없을, 도무지 접점이라고는 없는 사이. 그런데 지금은 어떻게 하면 그를 죽일 수 있을까를 고민하고 있다.

종호는 다시 길 건너 약국을 쳐다보았다. 출입문이 열리고 백동우가 나왔다. 외출을 하려는 모양새는 아니다. 늘 입고 있는 약사 가운에 슬리퍼를 신은 채로 나온 걸 보면 그저 잠깐 바람을 쐴 요량인 것 같다. 짐작대로 그는 약국 앞에서 크게 기지개를 켜고 하늘을 한 번 쳐다보았다. 마치 지하 감옥에 갇혀 있다가 오랜만에 해를 보는 사람처럼 눈을 찡그리면서도 4월의 햇살을 반기는 표정이다.

그의 몸은 50대 중년치고는 탄탄하게 근육이 잡혀 있다. 아마도 매일 헬스클럽에서

한 시간 넘게 운동을 한 덕분일 것이다.

그는 점심 식사 후 직원에게 약국을 맡기고 헬스클럽으로 향한다. 건물 안까지 그의 뒤를 따라가본 적도 있다. 클럽에 가입하려는 사람처럼 종호는 시설을 둘러보며 운동하는 그를 곁눈질로 관찰했다. 그때 민소매와 반바지 차림의 그를 보았다. 운동으로 엄청난 근육이 붙은 것은 아니지만 군살 하나 없이 균형 잡힌 몸이었다. 자기 관리에 철저한 성공한 사업가나, 시니어 모델처럼 보였다.

　백동우를 훔쳐보다가 얼핏 거울에 비친 자신의 모습을 확인한 종호는 서둘러 헬스클럽을 빠져나왔다. 후줄근한 야상 점퍼를 걸치고 있는 20대 후반의 청년은 오래된 카키색 점퍼만큼이나 후줄근하고 생기가 없었다. 세 평이 채 안 되는 고시원에서 햇빛도 못 보고 공무원 시험

준비를 하는 동안 몸은 흐물거리고 얼굴은
푸석해졌다.

약국 앞에서 잠시 몸을 푸는 동안에도
백동우는 지나가는 주민과 인사를 나눈다.
약국을 이용하는 사람들과도 친하게 지내는
모양이다. 치아를 한껏 드러낸 미소를 지으며
사람들에게 말을 거는 모습을 보자, 그의
가증스러움에 속이 뒤틀렸다.

이웃들은 그가 어떤 인간인지 모른다.
종호 역시 수빈에게 그가 저지른 끔찍한
짓에 대해 듣지 않았다면 저 미소 뒤에 어떤
모습을 감추고 있는지 몰랐을 것이다. 하긴,
뉴스에 나오는 잔혹한 연쇄살인범도 동네
사람들에게는 조용하고 인사성 바른 사람으로
기억되고 있었지. 우리가 타인에 대해 안다고
믿는 것은 잘 위장된 겉 포장일 뿐이다.

그대로 약국으로 들어갈 것 같던

백동우는 종호 쪽을 쳐다보더니 신호가
바뀌자 횡단보도를 건너왔다. 그와 눈이
마주친 순간 종호는 놀라 고개를 돌렸다. 설마
들킨 건가? 며칠 동안 계속 지켜보고 있던 걸
알아챈 걸까? 당혹감에 가슴이 서늘해졌다.

　백동우는 종호가 있는 카페 안으로
들어왔다. 그는 종호에게 다가오는 대신
카운터로 향했다. 카페 사장과 안면이 있는 듯
친근하게 인사를 건네더니 직원들 커피까지
여섯 잔을 주문했다. 종호는 그제야 안도의
한숨을 내쉬며 슬그머니 고개를 돌려 그를
쳐다보았다. 주문한 커피가 나오길 기다리며
카페 안을 둘러보는 그의 얼굴에는 여유가
넘쳤다. 종호는 입술을 깨물며 흐느끼던
수빈의 얼굴을 떠올렸다.

　수빈에게 그는 악마였다. 가족이라는
이름으로 살고 있는 인간이 어떻게 그런

끔찍한 짓을 저지를 수 있는지, 수빈의 이야기를 들으면서 종호는 눈에서 불꽃이 튀는 전율을 느꼈다. 분노라는 게 이렇게 활활 타오르는 감정이라는 걸 느낀 건 처음이었다. 눈앞에 백동우가 있었다면 그의 가슴을 칼로 수십 번 찌르고 또 찔렀을 것이다. 그는 그렇게 당해도 싼 놈이다.

"……미안해. 우리 그만 헤어져. 나 때문에 오빠까지 힘들게 하고 싶지 않아."

수빈은 헤어지자고 했다. 연락이 안 되다가 열흘 만에 나타난 수빈은 아버지에게 감금되어 있다가 간신히 도망쳐 나왔다고 했다. 그 열흘 동안 무슨 일이 있었는지 듣던 종호는 경찰에 신고하자고 했지만 수빈은 고개를 저었다.

백동우는 인근 지구대와 경찰서 간부와도

친분이 있다고 했다. 지역 청소년을 위한 선도 위원인지 하는 감투도 쓰고 있다고 한다. 동네 유지답게 명절이면 지구대와 치안센터, 소방서 등에 떡과 과일을 선물로 보냈다. 연쇄살인마 존 웨인 게이시 같은 완벽한 위장이었다. 지역 주민들 누구에게나 호감과 신뢰를 얻고 있는 선량한 시민. 경찰에 신고해봐야 과연 누가 자기의 말을 믿어주겠느냐는 수빈의 말에는 오랫동안 길들여진 좌절과 무기력함이 배어 있었다.

10년 넘게 가스라이팅을 당해온 수빈은 아버지로부터 도망치는 대신 아버지의 말대로 남자 친구인 종호와 헤어지기로 결심한 것 같았다. 종호는 어떻게든 그 끔찍한 고통의 늪에서 수빈을 구출해야겠다고 마음먹었다.

종호는 커피를 가지고 카페를 나가 약국으로 들어가는 백동우의 뒷모습을 차갑게

바라보았다. 고려해야 할 것이 너무나 많지만 무엇보다 수빈을 위해 그를 죽여야 한다. 하루라도 빨리 그를 죽여 수빈이 다시는 저 인간 때문에 고통받는 일 없이 행복해지기를, 자유로워지기를 바란다.

백동우만 없다면 우리가 헤어져야 할 이유도 사라진다.

2

"저, 혹시…… 국궁, 한국대 국궁 동아리 아니었어요?"

지하철역에서 전철을 기다리고 있는데 누군가 뒤에서 말을 걸었다. 고개를 돌린 종호의 눈앞에 같은 또래로 보이는 여자가 서 있었다. 어딘가 낯익은 얼굴이지만 이름은 기억나지 않았다. 하지만 여자는 종호를 알고 있는 듯했다.

'한국대 국궁 동아리.'

대학을 졸업하고 신림동에 들어온
뒤로는 동아리 모임에도 나가지 않았다.
그런데 여자는 정확히 국궁 동아리에 있지
않았느냐고 묻는다. 종호를 알고 있다는
얘기다.

"……누구?"

"저는 같은 대학 나온 강수빈이라고 해요.
극회에서 연극 올릴 때 국궁 동아리에서
도와주신 적이 있죠."

그제야 수면 아래 깊숙이 가라앉아 있던
기억들이 하나둘 떠올랐다. 언젠가 종호가
소속된 국궁 동아리에서 교내 극회 동아리의
정기 공연을 도와준 적이 있다. 국궁을 쏘는
장면이 있어 몇 명이 활 쏘는 자세라든가
동작을 알려주고 활을 빌려주기도 했다. 그때

친해져 함께 활을 쏘러 가기도 하고 연극에 초대받아 공연을 보고 함께 회식을 하기도 했다. 그 연극이 〈아랑 전설〉이었던가?

"……〈아랑 전설〉?"

"맞아요. 그때 같이 있었죠. 저는 아랑의 시녀였어요."

아랑 역을 했던 여학생은 기억이 나지만 아랑의 옆에 있었다는 시녀는 떠오르지 않았다. 상대가 나를 정확하게 기억하는데, 나는 아무것도 생각나지 않는다니, 종호는 괜히 미안한 마음이 들었다. 사실 여러 번 만나도 관심이 있거나 인상적인 일이 있지 않으면 얼굴이든 이름이든 그다지 기억에 담아두는 편이 아니다.

"미안해요, 내가 사람 얼굴을 잘 기억하지 못해서."

"아니에요. 그냥 제 기억력이 좋은

것뿐이에요."

　말을 마치고 나자 딱히 할 이야기가
없었다. 전철이 오는 것을 알리는 음악이
들렸다. 종호는 전철을 탈 생각으로 잘 가라는
인사를 할 참이었다.

　"그럼……."

　"괜찮으면 같이 술 한잔할래요?"

　종호는 어리둥절해서 수빈을 돌아보았다.

　전철이 도착하고 사람들이 내렸다.
줄을 서 있던 종호는 사람들에 밀려 수빈과
부딪혔다. 종호는 머뭇거리며 수빈의 얼굴을
살폈다. 그녀의 시선이 종호를 끌어당겼다.
줄 서 있는 사람들을 피해 수빈이 뒤로
물러났다. 종호도 수빈의 곁으로 걸음을
옮겼다. 사람들이 전철에 올라타고, 전철에서
내린 사람들은 바쁘게 플랫폼을 빠져나갔다.
종호와 수빈 둘만 플랫폼에 남았다.

종호는 대답을 기다리는 수빈을 보다가 고개를 끄덕였다.

전철역을 빠져나온 종호는 조금 전 수빈이 했던 말을 떠올렸다. '차도 아니고 술 한잔이라니, 정말로 술을 마시자는 건가?' 초면은 아니지만 개인적인 친분도 없는 사람인데, 만나자마자 바로 술집으로 간다는 게 아무래도 어색하지 않을까 싶었다. 하지만 선택권은 종호에게 있지 않았다. 앞장서서 걷던 수빈이 소줏집으로 들어갔다.

자리에 앉아 술과 안주가 나오기까지 잠시 어색한 기운이 흘렀지만 술이 들어가자 알코올의 마법이 공기를 바꿔놓았다. 서먹한 분위기를 풀어주는 것은 물론이고 그런 일이 있었나 싶은 가물가물한 기억까지도 되살려주었다. 덕분에 대화가 끊어지기는커녕 둘은 그때 있었던 일들, 자신이 미처 알지 못했던 뒷이야기까지 흥미진진하게 나누었다.

"그러니까 그 아랑으로 나왔던 영지랑
상훈이 형이 거기서 눈이 맞았구나? 어쩐지
연극이 끝난 뒤에도 계속 어울린다 했어."

"전혀 몰랐어요?"

"나는 그 뒤로 군대 가고, 돌아와서는
동아리 잘 안 나가고……. 졸업하니까
먹고사느라 바빠서 연락도 뜸해지고 그렇지
뭐."

학교 다닐 때의 얘기와 달리 졸업 뒤
어떻게 살고 있는지 이야기를 시작하자
분위기가 가라앉았다. 종호는 이상하게
가족에게도 말하지 못했던 속내를
털어놓았다.

공무원 시험을 준비하고 있다고는 하지만
작정하고 달라붙어서 죽자고 공부를 하는
것도 아니고, 그렇다고 손을 털자니 지난 몇

년이 아까워서 이도 저도 못 하고 있는 상태. 어쩌면 현실도피 중이 아닐까 싶은 심경까지 털어놓자 수빈의 목소리도 가라앉았다.

"……저도 마찬가지예요. 대학원을 다니고는 있지만 이게 정말 내가 좋아서 하는 건지는 잘 모르겠고……. 사실 정말 하고 싶은 건 따로 있었어요. 영화 연출 공부를 하고 싶어서 유학을 가겠다고 했는데, 아빠가 반대하셔서 포기하고 말았죠."

"그러고 보니 연극도 했었고, 그쪽에 계속 관심이 있는 것 같은데……. 아빠에게 잘 얘기해보지."

수빈은 고개를 저었다.

"나한테 뜬구름 잡지 말고 현실적으로 살래요. 그런 건 재능 있는 사람이나 하는 거라고."

"딸한테 무슨 그런 말을, 그럼 엄마에게

말해보면 어때?"

수빈이 1년 후배라는 걸 알고 난 뒤
종호는 말을 놓고 있었다.

"엄마는⋯⋯ 2년 전에 돌아가셨어요. 음주
운전 사고로."

"어⋯⋯? 미안."

수빈은 고개를 흔들다가 술잔을 들어
남은 술을 마셨다. 종호는 묵묵히 빈 잔에
술을 따라주었다. 수빈이 가라앉은 목소리로
혼잣말처럼 들릴 듯 말 듯 말했다.

"⋯⋯이상하다. 이런 얘기 남에게 잘 안
하는데."

그건 종호도 마찬가지였다. 괜한 자존심에
대학 동창들을 만나는 것도 피해왔다. 어디든
자리를 잡고 마음의 여유가 생기면 그때
연락하지 하며 책에 고개를 처박고 살았다.
나를 모르는 사람에게 내 이야기를 할 수는

없다. 나를 아는 사람에게는 더 속을 터놓을 수 없다. 어쩌면 수빈은 적당히 알고, 적당히 모르는 거리에 있기 때문에 이야기하기가 편했는지 모른다. 그동안 마음속에 담아둔 이야기를 나눌 누군가가 필요했구나, 하는 걸 깨달았다.

"다행이에요."

"응?"

"오늘 기분이 그랬거든요. 나 힘들었어, 그렇게 얘기하면 무심하게 스윽 술잔을 채워주고 '힘내' 같은 뻔한 소리 없이 내 얘기를 가만히 들어주는…… 누군가, 그런 사람이 있으면 좋겠다, 생각했어요."

종호는 수빈 역시 자신과 같은 감정이었다는 사실에 놀랐다. 술집의 흐릿한 조명 때문이었는지, 술기운이 올라 열이 나서 그런지, 그때 마주친 수빈의 눈빛에는 물기가

가득했다. 종호는 그제야 왜 수빈이 불쑥 술
한잔하자는 말을 꺼냈는지 알 것 같았다.
거절하지 않고 수빈을 따라오길 잘했다는
생각이 들었다.

"나도 이런 대화를 나눌 사람이 있어서
좋네."

그날은 기분 좋게 취할 정도로 마시고
헤어졌다.

종호는 고시원으로 돌아와 침대에 누워
몇 시간 동안 나눈 대화를 되새김질했다.
밤새 뒤척이며 내린 결론은 그저 우연히
만난 선후배로 남고 싶지 않다는 것이었다.
오늘이 마지막 만남이고 싶지 않다. 지금까지
여자에게 별 관심이 없었다. 호감을 가졌던
여자도 있었지만 대화를 하다 보면 실망하는
일이 많았다. 말이 안 통하면 호감도 관심도
곧 사그라들었다.

수빈은 달랐다. 몇 시간 동안 이렇게 편하게 대화를 나눈 여자는 처음이다. 가장 안 좋은 타이밍이기는 했지만 지금 느끼는 좋은 감정을 흘려버리고 싶지 않았다.

고민하다 다음 날 아침, 문자를 보냈다. 하루 종일 답장이 없었다. 책이 눈에 들어오지 않았다. 다시 만나고 싶다는 내 문자가 부담스러웠나? 그냥 즐거웠다고, 다음에 또 보자고 가볍게 보낼 걸 그랬나 후회도 했다. 늦은 밤이 되어서야 답장이 왔다. 답장이 왔다는 것으로 충분했다. 종호는 수빈도 자신과 같은 감정이라고 확신했다.

두 번째 만났을 때 종호는 수빈에게 손을 내밀어보라고 했다. 손바닥을 펴게 하고 1이라는 글씨를 썼다.

"우리 오늘부터 1일이다."

수빈은 잠시 당혹스러워하다가 고개를

끄덕였다. 종호는 잡고 있던 수빈의 손을 꼭 쥐었다. 가늘고 매끄러운 손가락이 느껴지자 자신에게도 여자 친구가 생겼다는 게 실감 났다. 그날은 함께 영화를 보고 저녁을 먹었다. 스릴러 영화를 좋아하고 매운 음식은 안 먹는다는 걸 알게 되었다. 대학원 수업과 영어 학원에 가는 시간을 빼면 주로 학교 도서관에 있거나 학교 박물관에서 알바를 한다고 했다.

"바쁘네? 그럼 우리는 언제 만나?"

종호는 매일 만나고 싶었다. 함께해보고 싶은 게 너무 많았다.

"지금 공부하는 거 시험이 언제야?"

종호는 움찔했다. 아무리 허울뿐인 공시생이라고 하지만 공무원 시험을 까맣게 잊고 있었다. 수빈은 고시촌에 들어가 공부 중인 종호의 시간을 뺏을 수는 없다고 했다.

반쯤 포기하고 살던 종호였지만 이번까지는 최선을 다해보라는 수빈의 말에 뭐라 대꾸를 할 수가 없었다.

"정말 정말 보고 싶을 때는?"

"정말 정말 보고 싶을 때는 만나야지. 그래도 공부에 방해되는 건 싫어. 정 못 참을 땐 이걸로?"

수빈은 웃으며 핸드폰을 흔들어 보였다.

수빈은 생각보다 바빴다. 일주일에 한두 번은 만날 수 있었지만 그것도 잠깐뿐이었다. 저녁을 먹고 나면 얼마 지나지 않아 자리를 털고 일어났다. 9시가 지나면 초조해서 자꾸 시간을 확인했다.

"뭐야, 애도 아니고 요즘 세상에 10시 통금이 말이 돼?"

"늦으면 아빠가 화내셔. 나 힘들게 하지 마."

"친구랑 놀다 들어간다고 해. 왜 그렇게 아빠 눈치를 봐?"

그날 처음으로 수빈은 새아빠 이야기를 했다. 엄격한 편이라 지켜야 할 규칙도 많고 가급적이면 아빠를 화나게 하는 일은 하고 싶지 않다고 했다. 답답하긴 했지만 부녀 관계가 어떤지 잘 모르는 상황이라 더 이상 뭐라 하지는 않았다.

만나지 못하는 아쉬움은 문자로 달랬다. 열 개의 톡을 보내면 한두 번의 답이 돌아왔지만 그래도 좋았다. 자신의 사소한 일상을 공유하고 시간 날 때마다 말을 걸 상대가 있다는 건 즐거운 일이었다. 다시 마음을 다잡고 느슨했던 공부에도 집중하기 시작했다. 수빈이라는 존재가 열심히 살고 싶은 이유가 되었다. 이번에는 정말 시험에 합격하고 남들처럼 평범한 사회생활을 시작하고 싶었다.

만난 지 두 달쯤 되었을 때 함께 술을 마시던 수빈이 갑자기 종호의 얼굴을 빤히 쳐다보더니 생각지도 못한 말을 꺼냈다.

"나, 오늘 안 가."

"어디?"

"집에 안 간다고."

종호는 자신을 빤히 쳐다보는 수빈의 얼굴을 보며 뭐라고 답을 해야 할지 머뭇거렸다. 수빈은 뭔가 단단히 결심한 표정이었다. 종호의 머리에서 버퍼링이 일어났다. 무슨 생각으로 집에 가지 않겠다는 거지? 전혀 예상치 못했던 전개. 가슴이 뛰었다. 늘 9시만 넘어도 초조하게 시계를 보던 수빈에게 무슨 일이 있었던 걸까?

"……그럼 어떻게 하려고?"

"왜 나한테 물어?"

"어?"

수빈이 말없이 종호의 눈을 들여다보았다. 종호는 자기도 모르게 꼴깍 침을 삼켰다. 목젖이 크게 올라갔다 내려가는 게 느껴졌다. 순간 수빈이 자신을 얼마나 한심하게 볼까 하는 생각에 손끝이 저려왔다. 한 번도 여자와 이런 이야기까지 해본 적이 없었다.

"나가자. 답답해. 우리 바람 좀 쐬며 걷자."

수빈의 말에 종호는 얼른 계산을 하고 술집을 나왔다. 방금까지 얼굴에 올라오던 취기는 사라지고 없었다.

종호는 최대한 태연한 척 행동했지만, 머릿속은 정신없이 바쁘게 돌아갔다. 어디로 가지? 지금 바로 모텔로? 이런 생각밖에 안 했냐고 하면 어떡하지? 아니야, 수빈이 집에 가지 않겠다고 말한 건 바로 오늘 함께 있자는 얘기 아니야?

종호는 계속 곁눈질로 눈치를 살피며 수빈의 발걸음에 보조를 맞추었다. 수빈은 편의점에 들어가 종호의 손에 바구니를 들려주었다. 와인과 초콜릿, 과자를 집어 바구니에 담았다. 수빈은 생활 잡화 코너로 가더니 여행용 칫솔을 집어 들었다. 수빈의 눈짓에 종호도 칫솔을 골랐다.

"모텔에 있을 텐데……."

종호의 혼잣말에 수빈이 새초롬하게 째려보았다. 종호는 얼른 입을 다물며 시선을 피했다. 괜히 다른 물건들을 보는 척하던 종호는 콘돔을 발견하고 반사적으로 수빈을 쳐다보았다. 수빈은 말없이 종호의 얼굴을 빤히 쳐다보았다. 저 시선은 무엇을 의미하는 걸까? 차라리 말을 해주면 좋으련만. 결국 종호는 콘돔을 바구니에 넣을 수가 없었다.

편의점을 나온 종호는 더 이상 수빈이

앞장서게 만들면 안 된다는 생각에 주위를 두리번거리며 모텔을 찾았다. 멀지 않은 곳에 모텔 간판이 보였다. 종호는 심장이 쿵쾅거리는 소리를 들으면서 수빈의 손을 잡고 모텔로 향했다.

애석하게도 와인 몇 잔에 종호는 그대로 뻗어버렸다. 눈을 떠보니 아침이었고 수빈은 없었다. 술을 섞어 마신 탓일까? 그래도 이렇게 정신을 잃을 정도로 술이 약하지는 않은데, 아마도 긴장한 탓일 거라는 생각이 들었다. 수빈이 산 와인 두 병을 거의 종호 혼자 다 마셨다. 종호는 머리를 쥐어뜯었다. 그동안 아빠 때문에 늘 일찍 들어가야 했던 수빈이 정말 큰 용기를 낸 것일 텐데 이렇게 허무하게 밤을 보내다니.

모텔을 나오며 수빈에게 톡을 보냈다. 고시원으로 돌아와 책을 펴도 글씨가 눈에 들어오지 않았다. 지난밤 무슨 일이 있었는지 떠올려보았지만 모든 게 꿈처럼 아득하게만 느껴졌다. 수빈은 답이 없었다. 집에 들어가 혼나지는 않았는지 걱정이 되어 몇 번이나 톡을 보냈지만 계속 묵묵부답이었다. 바쁜 모양이라고 생각했는데 하루가 지나고 이틀이 지나도 답장은커녕 톡을 확인도 하지 않는 상태가 계속되자 슬슬 걱정이 되기 시작했다. 전화를 해도 받지 않았다. 집으로 찾아가볼까 싶었지만 생각해보니 수빈의 집이 어딘지도 모르고 있었다.

종호는 그제야 수빈이 먼저 연락해오지 않으면 둘이 다시 만날 방법이 없다는 것을 깨달았다.

3

내가 초등학교 4학년 때였어. 초밥을
사준다는 엄마의 말에 아무것도 모르고 신나
있었어. 나는 우리가 가끔 가는 백화점 지하
매장에 있는 회전초밥집에 가는 줄 알았지.
근데 엄마는 창호 문이 여럿 있는 조용한
분위기의 식당으로 나를 데려갔어.

복도를 지나 4인이 앉을 수 있는 방으로
들어갔어. 그제야 나는 뭔가 이상하다고
느꼈지. 평소보다 더 공들여 화장을 하고
특별한 날에만 입는 옷을 입은 엄마가 눈에
들어왔어. 뭔가 들뜬 표정의 엄마를 보는데
기분이 묘했어. 아, 무슨 일이 있구나. 엄마는
주문도 하지 않고 물컵만 만지작거리고
있었어.

"엄마, 나 배고파."

엄마는 잠시 기다리라고 했지. 뭘
기다리는지도 모르지만 나는 엄마에게 더
물어볼 생각도 하지 못하고 내 앞에 놓인
메뉴판만 쳐다보았어. 문이 열리고 낯선
남자가 들어오자 엄마는 미소를 지으며 얼른
일어났어.

엄마는 손을 뻗어 남자의 손을 잡았어.
기분이 나빠졌어. 나는 맞잡은 두 사람의 손을
노려보았어.

"네가 수빈이구나?"

남자가 말하자 엄마는 그제야 손을 풀고
나를 일어나게 해서 남자에게 인사를 시켰어.
나는 입을 꼭 다문 채로 고개만 끄덕이고 다시
자리로 가서 앉았어. 나는 그제야 이 자리가
단순히 초밥을 먹기 위한 외출이 아니라는
것을 깨달았어. 갑자기 눈물이 나올 것
같았어.

엄마와 아빠가 이혼한 지 몇 년이 지났지만 나는 그때까지도 두 분이 화가 풀리면 화해를 하고 예전처럼 함께 살게 될 거라는 꿈을 버리지 않고 있었거든. 어린 나이라 그랬겠지. 어른들의 사정 같은 건 전혀 모르고.

그 남자를 보고 기분이 나쁘고 슬펐던 건 아마 그것 때문이었을 거야. 이제 다시는 엄마와 아빠 우리 셋이 함께 살 수 없겠구나. 엄마에게 남자가 생겼으니 이제 나는 어떻게 되는 걸까?

남자가 여러 가지 음식을 시켜주었지만 별로 맛이 없었어. 내가 좋아하는 초밥인데도 백화점에서 엄마랑 둘이 먹던 회전초밥보다 더 맛이 없었어. 나는 몇 개 먹다가 젓가락을 내려놓았어. 엄마도 남자도 내 접시에 여러 가지 음식을 놓아주었지만 먹고 싶지 않았어.

"엄마, 나 집에 갈래."

나는 남자가 묻는 말에 대답도 하지 않고 엄마에게 그만 가자고 졸랐어. 엄마는 난감한 표정을 짓다가 내 손을 잡았어.

"수빈아, 이제 이 아저씨가 네 아빠가 될 거야. 앞으로 우리 같이 사는 거야."

나는 그 말에 울음을 터뜨렸어. 엄마는 당황해서 내 눈물을 닦아주고 안아주었지만 나는 거기에 더 있고 싶지 않았어. 그 남자는 가만히 나를 쳐다보기만 했어. 나는 엄마 품에 안겨서 남자를 노려보았어. 눈이 마주쳤지. 남자는 자기 앞에 있는 물수건으로 손을 닦더니 이렇게 말했어.

"수빈이 열한 살이라고 했지? 그러면 다른 사람도 생각할 줄 아는 나이 아닌가? 수빈이는 엄마가 행복해지는 걸 바라지 않니?"

그 말에 나는 엄마를 쳐다보며 물었어.

"엄마, 이 아저씨랑 결혼할 거야? 그러면 행복해?"

엄마는 한참 내 얼굴을 쳐다보다가 다시 나를 껴안았어. 답을 듣지 않아도 엄마가 이 사람과 결혼하고 싶어 한다는 걸 알았어. 내가 아무리 울고 떼를 써도 이미 엄마는 그렇게 결정한 거야.

"수빈아, 아저씨 좋은 사람이야. 그러니까 엄마가 우리 수빈이랑 아저씨랑 같이 살려고 하는 거지."

한 달 뒤 엄마는 아저씨랑 결혼했고 우리는 함께 살게 되었어.

생각보다 나쁘지는 않았어. 우선 엄마가 행복하면 그걸로 나도 좋다고 생각했으니까. 아니, 나쁘지 않았다는 말은 틀린 말이네. 사실은 아주 좋았어. 직장에 다니느라 자기

시간도 없이 바쁘게 살던 엄마는 더 이상
힘들게 일하지 않아도 되었으니까. 크고
좋은 집으로 이사 갔어. 학교가 끝나고 집에
돌아가면 엄마가 날 기다리고 있는 게 좋았어.
생활비를 아끼느라 가지 못했던 비싼 식당도
가고, 백화점에서 옷도 사고, 내 방도 생겼어.
아빠에게는 미안하지만 엄마는 새아빠와 함께
살면서 행복해진 게 맞는 것 같아. 그래서
나도 아저씨를 아빠라고 부르기 시작했어.

몇 년 동안은 괜찮았어. 같이 사는 것에도
익숙해졌고. 근데 내가 중학생이 되었을
때부터였나, 뭔가 새아빠와 둘이 있는 게
불편하게 느껴지기 시작했어. 내 방에서
공부를 하고 있는데 퇴근하고 돌아온 아빠가
문을 열고 들어왔어. 공부하느라 힘들지,
라며 내 어깨에 손을 올리더니 안마를 하듯
주무르는 거야. 처음엔 그런가 보다 했는데,

손이 점점 아래로 향하더니 쇄골을 지나 가슴 쪽으로 내려올 것 같았어. 나는 기겁을 하며 의자에서 벌떡 일어났어.

"지금 뭐 하는 거예요?"

굳은 얼굴로 쳐다보는데 아빠가 어이없다는 표정으로 나를 보는 거야.

"뭘 하다니? 무슨 소리를 하는 거야?"

오히려 큰소리를 치더라. 그 소리에 저녁을 차리던 엄마가 들어와서 무슨 일이냐고 물었고 아빠는 화를 내면서 당신 딸한테 물어보라고 하고는 방을 나갔지. 엄마가 무슨 일이냐고 물었지만 나는 아무 말도 할 수가 없었어. 내가 오해를 한 건가, 하는 생각이 들었거든. 나는 그냥 말을 돌렸어.

"······공부하는 데 방해되잖아."

"네가 아빠 퇴근했을 때 나와서

인사했으면 굳이 방까지 안 들어오지. 다음부터는 아빠 퇴근하면 나와서 인사해. 알았어? 얼른 나와, 밥 먹자."

엄마는 아무것도 눈치채지 못하고 방을 나갔어. 나는 아빠 얼굴도 보기 싫었어. 같이 밥 먹고 싶지 않았지. 간식을 먹어서 배가 안 고프다고 하고 엄마를 내보낸 뒤 문을 잠갔어.

주방에서 엄마 아빠가 하는 얘기가 내 방까지 들렸어. 저녁을 먹으며 엄마가 아빠에게 이렇게 얘기했어.

"수빈이 사춘기니까 내버려둬요. 저 나이 땐 아빠랑 말도 안 한다구요."

"아이구, 섭섭하네, 그 사춘기는 언제 끝나는 거야?"

아빠는 농담처럼 웃어넘기고 아무렇지 않은 듯 밥을 먹었어.

그 뒤로는 아빠와 단둘이 있는 걸 피하고

방에 있을 때는 문을 걸어 잠갔어. 엄마 말대로 사춘기를 지나는 예민한 딸 노릇을 하며 지냈어. 그날 이후 아빠도 별다른 행동을 하지 않아서 차츰 그 일은 잊었어. 어쩌면 진짜로 내가 과민했던 건가, 그런 생각까지 들었어.

내가 대학에 합격하고 나자 엄마는 친구들과 며칠 여행을 가고 싶다고 했어. 아빠는 수험생 뒷바라지로 한동안 고생했으니 즐겁게 놀다 오라고 흔쾌히 허락했고. 나는 아빠와 단둘이 집에 남는 게 불안해서 엄마에게 같이 가겠다고 떼를 썼어. 친구들과 같이 가는 여행이라며 엄마는 화를 냈지.

"그동안 고생한 엄마한테 고마워요, 잘 다녀오세요. 이런 말은 못 해주니?"

나는 더 이상 뭐라고 말을 할 수가 없었어. 여행 가면서 엄마가 뭐라고 했는 줄 알아?

"이참에 아빠랑 좀 친해져봐. 너 너무 쌀쌀맞게 굴어서 엄마가 다 민망해. 아빠가 우리한테 얼마나 잘하는지 알잖아."

수험생일 때는 공부하라는 잔소리도 안 하고 봐줬지만, 이제는 아빠와 잘 지내라는 엄마 말에 나는 말문이 막혔어. 그래, 생각해보면 몇 년 전 그 일 말고는 아빠가 나를 불편하게 하는 일은 없었어.

별일 없을 거야. 두 밤만 자면 된다. 2박 3일이니까 사흘만 잘 버티면 된다. 그렇게 생각했어. 엄마가 없는 동안 친구 집에 있거나 문을 꼭 걸어 잠그면 되겠지. 막상 자고 올 마땅한 친구가 없었어. 결국 아빠와 단둘이 3일 동안 지내야 했어. 첫날은 아무 일도 없었어. 나는 괜히 아빠를 오해한 게 미안해서 저녁 준비를 해놓고 아빠를 기다렸어. 아빠는 기분이 좋아져서 맥주까지 꺼내 나에게 따라줬어. 이제 성인이 되었으니 아빠에게 술을 배우라고.

　……미안, 어디까지 얘기했지? 잠깐 그때 일을 생각하느라. 그때 내가 뭘 잘못한 걸까 그런 생각을 했어. 내 잘못이 아니라고? 아니야. 나는 더 경계를 했어야 해. 술을 준다고 했을 때 머릿속에서 경고음이 울렸어. 그래서 안 먹겠다고 했지. 아빠는 콜라를 꺼내줬어. 술이 아니니까 안심했었나 봐, 한눈팔지 말았어야 했는데…… 무슨 일이 있었냐고?

　내가 과일을 씻어 오는 동안 아빠가 콜라 잔에 뭘 탔던 것 같아. 수면제가 아니었을까 싶어. 약국에 있으니 약은 뭐든 구할 수 있었을 테지. 과일을 먹고 콜라를 한 잔 마신 것뿐인데 이상하게 머리가 어지러웠어. 저절로 눈이 감겨서 심상치 않다는 걸

직감하고 내 방에 들어가서 문을 잠그려고
했지. 방에 들어갈 때까지는 정신을 차리려고
했는데…… 식탁에서 일어났던 건 기억나는데
그 뒤에 그냥 정신을 잃었던 것 같아. 눈을
떠보니 아침이었고 내 방이었어.

침대에서 일어나려고 몸을 일으키는
순간 뭔가 잘못되었다는 걸 느꼈어. 아랫배에
무지근한 통증이 느껴졌어. 문을 열고
나가보니 아빠가 출근을 하려고 안방에서
나오고 있었어. 아빠는 평소와 다름없이
인사를 하고 집을 나갔어. 내 몸에 남아 있는
이 찜찜한 잔여감은 뭐지, 하면서도 아빠를
불러 세우지 못했어. 샤워를 하면서 몸을
만져본 뒤 비로소 깨달았어. 지난밤 내가
의식을 잃은 건 결코 우연이 아니라는 걸.

내 방으로 돌아와 하루 종일 이불을
뒤집어쓰고 누워 있었어. 머릿속이 하얗게

변해서 아무 생각도 할 수 없었어. 엄마가
돌아왔을 때도 아프다며 일어나지 않았어.
실제로 열이 나기 시작하고 온몸에 열꽃이
피는 것 같았어. 엄마의 전화를 받고 아빠가
퇴근하며 약을 지어 왔지만 나는 약을 집어
던져버렸어. 놀란 엄마가 아빠와 무슨 일이
있었는지 물었지. 나는 아무 말도 하지
않았어. 나를 이 집에 혼자 내버려두고 간
엄마에게도 책임이 있다고 생각했으니까.

　　난 엄마도 어느 정도 눈치를 챘다고
생각해. 하지만 아빠를 포기할 수는 없었을
거야. 친아빠와 이혼한 뒤 혼자 돈을 벌어
아이를 키운다는 게 얼마나 힘든 일인지
충분히 겪어봤으니까. 그 뒤로 겉으로는
전과 다름없는 생활이 이어졌지만 집
안에는 냉기가 흘렀어. 아니, 내가 두 분을
멀리했다고 해야 하나. 대학 졸업만 하면 이

집을 나가자. 그땐 독립해서 혼자 살아야지, 그렇게 생각하며 참았어.

"힘들면 말하지 않아도 돼."

종호는 잠시 말을 멈추고 생각에 잠긴 듯 입을 다문 수빈의 표정을 살폈다. 눈은 어둠 속 깊은 곳을 응시하고 있는 것 같았다. 무슨 생각을 하는지 알 수가 없었다.

열흘 만에 나타난 수빈은 종호를 붙들고 할 말이 있다고 했다. 수빈을 데리고 옆방의 숨소리, 물 마시는 소리까지 들리는 고시원으로 데리고 갈 수는 없었다. 전철역 근처 모텔을 찾았다.

둘만 있게 되자 수빈은 종호의 품에 매달리며 꼭 안아달라고 했다. 수빈은 격하게 종호의 입술을 찾았다. 두서없는 수빈의 행동에 불안한 생각이 들었다. 종호는 수빈을

떼어내고 물었다. 갑자기 뭐야? 연락은 왜 안
한 거야? 무슨 일 있었어?

종호의 걱정스러운 말에 무너진 수빈은
그 자리에 주저앉아 얼굴을 파묻고 꺽꺽
소리를 삼키며 울었다. 종호는 침대에 앉아
흐느끼는 수빈의 등을 어루만져 주었다.
한참을 울고 난 뒤 수빈은 욕실에 들어가
세수를 하고 나오더니 마음을 가라앉힌
듯 종호는 상상도 못 한 일들을 얘기하기
시작했다.

새아빠가 지난 10여 년간 수빈에게
저지른 끔찍한 일들. 종호는 수빈이 얼마나
어렵게 이야기를 꺼내는지 느끼고 묵묵히
듣고 있었지만 가끔은 열불이 올라와 자기도
모르게 벌떡 자리에서 일어나 방 안을
서성거렸다.

"나는 거미줄에 붙잡힌 벌레 같아. 온몸이

꽁꽁 묶여 있어. 도망칠 수도 없어. 도망치면
어디든 쫓아와 다시 나를 괴롭힐 거야."

이미 정신적으로도 아빠에게 사로잡힌
듯 수빈은 그의 손아귀에서 벗어날 수 없다고
말했다. 열흘 만에 나타난 수빈은 종호에게
헤어지자고 했다. 혼란스러운 표정으로
온몸을 떨고 있었다.

종호와 외박을 하고 새벽에 돌아간
수빈은 자신을 기다리는 아빠의 손에 붙잡혀
바로 지하실에 감금당했다고 한다. 핸드폰도
빼앗기고 밤낮도 모른 채 지하 방에 갇혀
있었다는 말에 종호는 충격을 받았다. 아무리
새아빠라고 하지만 어릴 때부터 자식처럼
키워온 아이에게 어떻게 그런 짓을 저지를
수가 있는 거지?

"엄마가 교통사고로 돌아가신 뒤 그
인간은 이제 아무런 거리낌도 없이 내 몸을

만지고 나를 짓밟고 있어. 어디로 도망칠까, 아니면 죽어버릴까 그런 생각도 했어. 하지만 도망치는 것도 죽는 것도 너무 억울하다는 생각이 들었어. 열흘 동안 어두운 지하실에서 생각했어. 이대로 그 인간에게 붙잡혀서, 그가 원하는 대로 살 수는 없어."

어떻게 할 건데? 종호는 눈으로 수빈에게 물었다. 수빈은 물끄러미 종호를 보다가 침대 위에 웅크리고 앉았다.

"내가 무슨 짓을 할지 나도 모르겠어. 매일 끔찍한 생각을 해. 점점 더 선명해져. 이제 곧 나는……. 우리는 여기서 끝내. 이 끔찍한 지옥에 오빠를 끌어들일 수 없어. 이건 나 혼자 감당해야 할 일이야."

종호는 서둘러 수빈을 끌어안고 달랬다.

"아니야, 그런 생각 하지 마. 미안해. 몰랐어. 내가 도와줄게. 거미줄 같은 거 내가

뜯어줄게. 아니, 거미는 내가 죽여줄게. 다시는
너를 건드리지 못하게 내가 짓밟아 없애줄게."

종호의 말에 수빈은 가만히 팔을 뻗어
종호의 등을 끌어당겼다. 종호는 거칠게
수빈의 입술을 찾았다. 더 이상 끔찍한 말은
듣고 싶지 않았다. 다시는 그런 놈에게 잡혀
있지 않아도 돼. 걱정하지 마. 방법은 내가
찾을게.

4

백동우의 집은 연희동 주택가에 있다.
개인 주택이 늘어선 골목 뒤편으로는
안산으로 올라가는 길이 있다. 종호는
카페에서 약국을 지켜보다 생각이 나면 이
주택가 골목을 돌아다녔다. 백동우의 집
주변의 골목이 어디로 이어졌는지 확인하고

골목에 있는 CCTV의 위치도 점검했다.

큰 도로에서 안으로 들어오는 주택가 골목은 한산하고 오가는 사람도 많지 않았다. 정원이 딸린 집들은 적당한 거리를 두고 있었고 사생활을 보호하기 위해서인지 담장이 높게 이어져 있었다. 골목에서는 담장 너머 집 안이 잘 보이지 않는다. 집 안에서 벌어지는 일을 밖에서 확인하기는 힘들다는 얘기다.

약국에 있는 시간을 빼면 백동우를 죽일 기회는 그가 집 안에 머무는 시간뿐이다. 토요일 밤 퇴근한 그를 죽이면 정기 휴일인 일요일과 월요일 아침까지 그의 시체를 치우는 시간을 벌 수 있다. 최대한 그의 죽음이 늦게 알려져야 한다. 그 시간을 이용해 종호는 자신의 흔적을 지우고 숨어야겠다고 생각했다. 백동우를 죽이는 동안은 수빈이 집에 없어야 한다. 이 부분은 수빈과 상의를 해야겠지.

결심을 마친 종호는 수빈에게 전화를 걸어 자신의 계획을 이야기했다. 잠시 말이 없던 수빈은 며칠 뒤 학과에서 1박 2일로 행사를 위한 사전 답사를 갈 예정이라고 알려주었다. 기회라는 생각이 들었다. 여러 사람과 가는 답사라면 수빈에게 필요한 완벽한 알리바이가 준비된다. 시체를 어떻게 치워야 하나 걱정했었는데 수빈에게 알리바이가 생긴다면 좀 더 쉬운 계획으로 변경해도 될 것 같았다. 수빈이 일요일 저녁 집에 돌아와 죽어 있는 새아빠를 발견하고 경찰에 신고하는 것으로 얘기를 끝냈다. 집에 침입한 강도에 의해 살해당한 것이라면 시체가 집에 있는 게 자연스럽다. 시체를 치우는 건 위험하고 번거로운 일이라 어떻게 할까 고민이 많았는데 덕분에 한숨 돌렸다.

"……정말로 괜찮을까? 우리, 아무 일 없는 거지?"

수빈은 떨리는 목소리로 속삭였다.

"걱정하지 마. 그리고 넌 아무것도 모르는 거야. 그걸 명심해. 경찰이 오면 조심해야 해. 의심받을 행동이나 말을 하면 안 돼."

"……알았어."

수빈은 토요일 아침 집을 나서서 일요일 저녁에 돌아올 예정이다. 백동우는 토요일 약국 문을 닫고 저녁 8시 10분쯤 집에 도착할 것이다. 토요일 오전부터 백동우가 돌아오기 전까지 집 안으로 들어가서 숨어 있어야 한다. 수빈이 도어록 비밀번호를 알려주었으니 대문을 열고 집 안으로 들어가는 일은 쉽다.

백동우의 집 근처 골목의 CCTV를 모두 다 확인했다. 종호는 검색을 통해 골목의 CCTV는 지자체에서 관리한다는 것을 확인했다.

서대문구청 홈페이지에 들어가니 친절하게도 영상 정보 처리 기기의 용도와 설치 위치, 설치 대수까지 자세하게 나와 있었다.

주택가 범죄 취약 지역에 설치된 CCTV는 반경 50미터마다 설치되어 있고 연희동만 162개소에 573대의 CCTV가 설치되어 있다고 적혀 있었다. 엄청 많게 느껴졌지만 방범용, 어린이 보호용, 공원 방범용, 재난 감시용 등 다양한 곳에 다양한 목적으로 설치된 카메라를 모두 합한 수라 막상 백동우 집 주변에 설치된 카메라는 몇 대 되지 않았다. 그것만 잘 피하면 될 것 같았다. 들고 날 때 골목 입구의 편의점에서 점퍼를 벗어 백팩에 넣는다든지 하면 만일의 사태에도 추적을 따돌릴 수 있을 것 같았다. 다행히 백동우의 집 앞 공간이 다른 곳보다 조금 넓어 수시로 오가는 택배 트럭 같은 것들이 그곳에 서곤

한다. 기다렸다가 그렇게 자동차가 카메라 시야를 가리는 때를 이용하면 어떨까 싶었다. 아니면 해가 떨어지고 난 뒤 백동우가 오기 전 집 안으로 들어가는 방법도 있다. 골목을 지켜보고 있다가 상황에 맞게 움직이면 되겠지.

흉기는 집 안에서 찾아보기로 했다. 섣불리 흉기를 준비해서 품고 다니는 것은 어리석은 짓이다. 백동우가 집에 오기 전, 흉기가 될 만한 것을 찾아두면 된다. 주방에 있는 식칼도 상관없고 연장통에 있는 망치도 괜찮다. 그를 죽이고 난 뒤 흉기는 잘 씻어서 다시 원래 있던 자리에 돌려놓으면 경찰은 흉기를 찾는 데 어려움을 겪을 것이다. 물건을 가장 잘 숨기는 방법은 원래 그 물건이 있던 장소에 그대로 두는 것이다.

수빈에게 더 자세한 이야기는 하지

않았다. 수빈이 모르면 모를수록 그게
두 사람에게는 안전하다. 종호는 그동안
꼼꼼히 체크하며 적어둔 것들을 다시 한번
살펴보았다.

종호는 백동우의 죽음이 자신과 연결될
가능성에 대해서 생각했다. 카페에 몇 번 가긴
했지만 그곳은 카페에서 공부하는 사람들이
많은 곳이다. 게다가 결제를 할 때도 현금으로
했다. 백동우가 살해되었다고 카페까지
형사들이 올 것 같지는 않았다.

백동우와 자신의 연결 고리는 오로지
수빈밖에 없다. 그 점은 수빈에게 일러두었다.
학술 답사를 다녀오는 전후 며칠 동안은
연락도 하지 않기로 했다. 수빈을 의심하지
않는다면 그 연결 고리를 추적할 일은 없겠지.

종호는 노트북의 화면을 보고 낮게
중얼거렸다.

"이제 준비는 끝났어."

앞으로 벌어질 일을 생각하니 뒷덜미에 소름이 돋았다.

5

드디어 끝났다.

1박 2일의 사전 답사를 위해 집을 나서며 수빈은 잠시 집과 마당을 돌아보았다. 엄마와 함께 살 때만 해도 이런 미래가 기다리고 있으리라고는 생각하지 못했다. 내일 이 집으로 돌아올 때는 모든 것이 바뀌어 있을 것이다.

엄마가 돌아가시기 전까지는 모든 게 좋았다. 아빠가 어떤 사람이든 수빈은 별로 관심이 없었다. 무던한 성격에 엄마에게 다정한 편이라 그것으로 충분하다고

생각했다. 엄마는 이따금 너 때문에 재혼을
결심했다고 말하며 수빈에게 좀 영리하게
굴라고 했다.

'원하는 것을 얻으려면 머리를 써, 머리를.'
처음엔 무슨 뜻인지 이해하지 못했지만
수빈은 곧 엄마가 하는 행동을 보고 깨닫기
시작했다. 엄마는 아빠가 쉬는 날이면
기회가 있을 때마다 무슨 기념일이든 만들어
백화점 근처의 식당에서 외식을 했다. 식사를
마치고 나온 엄마는 소화도 할 겸 좀 걷자며
백화점으로 아빠를 이끌었다. 아빠가 쇼핑을
별로 좋아하지 않는다는 걸 아는 엄마는
백화점에서 오래 시간을 끄는 법이 없었다.
이미 마음속에 정해둔 목표가 있기 때문에
시간은 아빠가 하기에 달렸다.

백화점 명품 매장으로 들어간 엄마는
수빈을 앞세워 중학교 입학, 졸업 기념, 생일

등등 명분이 있을 때마다 아빠에게 선물을
사게 했다. 아빠는 기꺼이 지갑을 열어 수빈을
위해, 엄마를 위해 선물을 사주었다. 수빈이
대학에 합격했을 때는 500만 원 가까이 돈을
쓰기도 했다.

엄마는 아빠를 설득해서 명품이 뭔지 별
관심도 없는 수빈의 선물로 250만 원짜리
몽클레르 패딩을 얻어냈다. 수빈에게 패딩을
입히고 엄마도 이것저것 입어보더니 딸만
사주고 나는 안 사줄 거냐고 아빠의 팔에
매달렸다. 결국 아빠는 엄마의 애교에 못
이기는 척 카드를 긁었다. 거기서 끝이
아니었다. 엄마는 아빠 몰래 자신의 패딩을
200만 원에 친구에게 팔고 그 돈은 수빈의
통장에 넣어주었다.

"돈이 있어야 돼. 돈 없으면 얼마나
서러운지 알아?"

엄마의 가르침 덕분에 수빈은 돈 모으는 재미를 알게 된 게 아니라, 돈 쓰는 즐거움을 느끼기 시작했다. 수빈은 엄마에게 배운 대로 노트북이 필요하다고 아빠를 졸라 300만 원을 받아내고 100만 원은 따로 챙겼다. 돈은 많으면 많을수록 좋았다. 아니, 많아도 여전히 부족했다. 한번 눈을 뜨고 나니 세상에는 갖고 싶은 게 너무 많았다.

아빠의 약국은 마르지 않는 샘 같았다. 정확한 수입이 얼마인지 알 수 없지만 엄마에게 생활비 외에도 선뜻 목돈을 줄 수 있는 걸 보면 매출이 꽤 괜찮은 것 같았다. 돈으로 모든 걸 살 수 없다고 하지만, 많은 것들이 돈으로 해결되었다. 경제적인 여유가 마음도 넉넉하게 만들었다. 엄마는 골프를 치고 친구들과 부동산 임장을 다녔다. 아빠의 돈을 밑천으로 딴 주머니를 만들었다. 모르긴

해도 꽤 많은 돈을 모아두었을 것이다.

한때는 왜 그렇게 돈돈 노래를 부르는지 궁금했다. 이제는 돈 걱정 하지 않고 살 형편이 되었는데도 엄마의 머릿속은 돈으로 가득했다. 과연 엄마의 목표와 계획은 무엇이었을까, 안타깝게도 그게 뭐든 엄마의 죽음으로 모두 물거품이 되었다.

엄마가 죽고 난 뒤 수빈의 샘물은 하루가 다르게 말라버렸다. 아빠에게 용돈을 더 달라고 하면 될 일이었지만 전과 달리 아빠는 수빈의 씀씀이를 확인하기 시작했다.

"대학생 용돈이 왜 한 달에 200만 원이나 필요해?"

구차한 변명을 하는 게 싫었다. 나중을 위해 차곡차곡 모으라고 엄마가 준 용돈을 조금씩 꺼내 쓰기 시작했다. 눈에 띄게 잔고가 줄어들었다. 통장의 잔액을 볼 때마다 엄마가 없다는 사실을 실감했다. 엄마가 남긴 돈을 찾아내면 돈 문제는 해결되겠지 싶었다. 아빠가 없는 동안 안방을 뒤졌지만 엄마의 유품 중 돈에 관련된 건 모두 사라지고 없었다. 결국 목마른 수빈이 아빠에게 말을 꺼냈다.

"엄마가 남기신 통장 어디 있어요?"

"그걸 왜 찾아?"

수빈은 말문이 막혔지만 곧 아빠에게 따졌다. 자신이 엄마의 재산을 물려받는 건 당연하다고 생각했다. 분명 엄마가 남겨준 돈이 있을 것이다. 그걸 찾아야 한다.

"엄마 돈, 엄마가 모은 돈이니까 이제 제 것이잖아요."

아빠는 코웃음을 쳤다. 자상했던 표정은 사라지고 입가에 차가운 기운이 흘렀다.

"그건 엄마 돈이 아니라 내 돈이야. 결혼

이후로 네 엄마가 돈을 벌어 온 걸 본 적

있어? 다 내가 준 돈을 모은 거지."

수빈은 입을 다물었다. 아빠의 얼굴에서

분노를 느꼈기 때문이다. 엄마의 딴 주머니가

아빠에겐 의문이었을지도 모른다. 어쩌면

자신의 재산을 빼돌린 건 아닌지 의심하는 것

같기도 했다. 그렇지 않다면 왜 그렇게 엄마의

돈에 예민한 반응을 보이는지 설명되지

않는다. 엄마는 친구들과 몰려다니며 골프만

친 게 아니다. 그렇게 어울려 다니면서 땅을

보고 전국의 아파트를 사고팔았다. 아빠는

엄마가 돈을 벌어본 적이 없다고 말했지만,

그것은 아빠의 착각이다. 아빠의 돈을 밑천

삼아 엄마는 꽤 많은 돈을 모았다. 언젠가

수빈이 결혼할 때가 되면 줄 거라는 얘기를 한

적도 있다.

지금은 아빠와 싸우며 소모전을 할

필요가 없다. 돈의 행방을 찾고 가능하다면 그 돈을 자기 주머니로 잘 옮겨와야 한다. 아빠가 엄마의 돈을 모두 찾아낸 것 같지는 않다. 약국 일에 바쁜 아빠의 눈을 피해 좀 더 집을 찬찬히 뒤져보기로 했다.

우선은 아빠의 의중을 파악하는 것이 먼저였다. 그러자면 얌전하게 딸 노릇을 해야 한다. 학교 생활도 열심히 하고 한 달에 200만 원으로 어떻게든 살아가는 모습을 보여주었다. 몇 개월 동안 착실한 모습을 보인 덕분에 다시 분위기가 부드러워졌다. 이제 아빠가 파악한 엄마의 재산이 얼마인지 확인할 기회를 엿보던 때, 예상 못 한 문제가 생겼다.

한 여자가 아빠와 수빈의 사이에 끼어든 것이다. 저녁을 해놓고 산책 겸 아빠를 마중 나갔던 날 수빈은 아빠 곁에 있는 여자를 보았다. 약국 문을 닫는 아빠의 곁에 30대 후반으로 보이는 여자가 서 있었다. 멀리서 봐도 여자가 꼬리를 흔들며 아빠에게 살살거리는 게 느껴졌다. 아빠는 애교 많은 여자에게 늘 약했지. 수빈은 자신도 모르게 입술을 깨물었다.

둘은 근처 고깃집으로 향했다. 수빈은 가게 밖에서 그들을 지켜보며 아빠에게 전화를 걸었다. 저녁을 차렸는데 언제 오시냐는 수빈의 말에 아빠는 약국 식구들과 회식 중이라고 했다. 늦을 것 같으니 먼저 먹으라며 전화를 끊은 아빠는 고기를 굽고 여자의 접시에 고기를 올려주었다. 여자는 쌈을 싸서 아빠에게 먹여주었다. 여자는 아빠가 입을 열 때마다 웃으며 아빠의 팔을 쳤다. 여자라면 한눈에 알아보는 여자들의 여우 짓. 아빠를 꼬시겠다고 작정한

몸짓이었다.

아빠에게 여자가 생겼구나. 엄마가 죽은
지 1년도 되지 않았는데. 그 모습을 보는데
왠지 서글펐다. 여자는 엄마보다 열 살은 더
어려 보였고, 아빠는 엄마와 있을 때보다 더
크게 웃었다. 화가 나지는 않았다. 그보다는
정신을 바짝 차려야겠다는 생각이 먼저
들었다.

돈. 엄마의 돈을 생각하자 수빈의 머릿속
깊은 곳에 붉은 경광등이 요란하게 돌아가기
시작했다.

동네에서 꽤 큰 약국을 하고 있는 아빠.
가정적이고 무던해 보이는 인상. 딸린 어린
자식도 없는 자유로운 몸. 동네 여자들의
표적이 되는 건 시간문제였다. 그들 중 누구와
눈이라도 맞는다면……. 이 집에 수빈의
자리가 있으리라는 보장은 없다. 엄마가 없는

지금 수빈과 아빠는 피 한 방울 섞이지 않은 남일 뿐이다. 게다가 대학을 졸업한 성인이다. 나가라고 한다면 이 집에 남아 있을 명분이 없다.

왜 그걸 깜빡하고 있었을까? 수빈은 초조해지기 시작했다. 아빠의 곁에 있는 여자가 이 집을 차지하기 전에 먼저 손을 쓰지 않으면 안 된다.

그날부터 수빈은 엄마의 돈을, 아니 이 집의 재산을 차지할 방법에 대해 생각했다. 가장 좋은 방법은 아빠가 죽는 것이다. 그렇다면 엄마의 돈을 찾으려고 고민할 필요 없이 엄마, 아빠 모두의 재산이 자신의 것이 된다. 게다가 약국! 건물에 있는 병원들이 문을 닫지 않는 한 약국은 영원히 마르지 않는 돈의 샘물이다. 평생 돈 걱정 같은 건 할 필요가 없다.

'원하는 것을 얻으려면 머리를 써, 머리를!'

수빈은 엄마의 말을 떠올렸다. 지금 원하는 걸 얻으려면 무엇을 해야 하지?

살인 청부? 500만 원만 주면 사람 죽이는 일을 해주는 사람이 있다는 얘기를 어느 뉴스에선가 본 적이 있다. 검색해보니 살인 청부를 했던 사건이 있기는 했다. 뉴스를 읽다 보니 좋은 생각이 아닌 것 같았다. 돈을 주고 사람을 사려면 수빈 자신을 노출해야 한다. 게다가 자신이 살인을 계획하고 있다는 걸 누군가 알게 된다는 얘기다. 혹시라도 잘못되면 모든 것을 잃게 된다. 그런 위험을 감수할 수는 없다. 역시 머릿속으로 상상하는 세상은 현실과 다르다는 걸 느꼈을 뿐이다.

그때 우연히 길을 가다가 종호를 봤다. 지하철로 들어가는 종호를 발견한 수빈의 머리가 빠르게 움직였다. 수빈은 그의 뒤를

따라 걸음을 옮기며 종호에 대한 기억을
떠올렸다.

　연극 공연 준비와 회식으로 몇 번 본
적이 있는 종호를 지금도 또렷이 기억하는 건
특별한 기억이 있기 때문이었다. 종호에 대한
선배들의 뒷담화를 들을 때까지만 해도 별
관심은 없었다.

　"차분하고 진중한 성격인 것 같다고? 말을
안 하고 조용히 있으면 다 진중한 거냐?"

　"진중보다는 외로운 늑대 쪽이지."

　"외로운 늑대?"

　"뭔 생각인지 모르겠다고, 시한폭탄 같은
구석이 있다고 할까?"

　"미국으로 치면 왜 조용히 있다가 어느 날
총 들고 학교에 가서 막 총질을 해댈 것 같은
그런 놈들 있잖아. 우리나라가 총이 없어서
다행이지."

낄낄거리며 농담처럼 하는 얘기라도 주변 사람들에게 그런 평판을 듣는다는 건 가까이하지 말아야 할 인물이라는 의미다. 수빈도 흥미롭게 듣고 그 자리에서 잊어버렸다. 종호가 다시 화제에 오른 건 공연이 끝나고 몇 달 뒤였다. 영지가 국궁 동아리에서 난리가 났었다는 얘기를 전해주었다.

평소에는 실내 연습장에서 활을 쏘지만 여러 학교의 국궁 동아리들이 모일 때는 한강 변에 있는 활터에 모여 연습을 하는데 거기서 종호가 사고를 쳤다는 것이다.

"활을 쏘는 거니까 위험하잖아, 그래서 다들 활을 쏠 때는 안전에 신경을 쓰고 주의를 준대. 한강은 지나다 구경하는 사람도 있고 하니까 더 조심하고. 근데 어제 활 쏘는 곳 주변에 길고양이들 몇 마리가 왔다 갔다 했나 봐. 위험하기도 하고, 활 쏠 때 집중력이 떨어지니까 고양이를 내쫓느라 연습을 중단하고 몇 명이 뛰어다녔대. 그런데 말이야."

수빈은 영지의 이야기를 들으면서 왠지 손끝이 저렸다. 영지는 극회 친구들의 얼굴을 하나씩 쳐다보면서 한참 뜸을 들였다.

"아, 뭐야? 빨리 말해봐."

궁금해진 친구들의 원성을 들은 뒤에야 뒷이야기를 하기 시작했다.

"고양이 때문에 연습도 못 하고 돌아가게 생겼다고 어떤 여학생이 툴툴거렸나 봐. 옆에 있던 종호가 갑자기 화살을 꺼내더니 고양이한테 활을 쐈대."

얘기를 듣던 친구들의 입에서 헉 소리가 터져 나왔다.

"그래서 어떻게 됐어? 고양이는?"

누군가 물었다.

"고양이도 문제지만, 고양이를 쫓느라 동아리 사람들이 주변에 있었는데, 거길 쏜 거야. 다들 놀라서 종호한테 달려가고 다른 학교 애들한테 항의도 들은 모양이야. 그래서 합동 연습에서 우리 학교만 쫓겨났대."

그때 아이들끼리 도대체 종호는 왜 그런 행동을 했을까에 대한 토론을 한참 했었다. 아이들이 내린 결론은 외골수라는 것이었다. 하나에 꽂히면 다른 방향은 보지도 않고 오직 한 방향을 향해서 달려가는 외골수.

'외골수.'

수빈은 종호를 불러 세우며 그 단어를 떠올렸다. 어쩌면 지금 수빈의 고민을 풀어줄 해답이 아닐까 싶었다. 우선 종호가 어떤 사람인지 좀 더 관찰할 필요가 있었다.

수빈은 종호의 경계를 풀기 위해 필요한 말만 하고 적당한 선에서 이야기를 멈추었다.

고양이 사건으로 동아리에서 제명된 이야기는
모른 척했다.

종호는 선배들의 뒷담화처럼 외로운
늑대로 지내고 있었다. 혼자 있는 시간이
오래되면 현실적인 감각은 둔해진다.
자존감은 떨어지고 누구든 손을 내밀면 앞뒤
가리지 않고 잡을 만큼 사람이 간절해진다.

종호와 이야기를 해본 수빈은 충분히
가능성이 있다고 판단했다. 문제는 어떻게
그에게 말을 꺼낼까 하는 것이었다. 오랜
고시 공부로 경제적인 문제도 있는 것 같으니
적당한 보수를 제시할 수도 있겠다는 생각이
들었다. 하지만 수빈이 손을 내밀지 않아도
종호가 먼저 수빈의 곁으로 다가왔다.

종호의 문자를 받고 다시 만난 날, 30분도
되지 않아 그는 수빈의 손을 잡고 둘의 관계를
규정했다. 사귀자고 물어보는 것도 아니고

'오늘부터 1일'이라고 선언했다. 어이가
없었다.

그때 수빈은 직감했다. 종호는 수빈과
만나고 돌아간 뒤부터 혼자서 탑을 쌓고 성을
만들고 이미 둘만의 미래를 상상하며 저만큼
앞서서 달리고 있었다. 외골수라는 별명이
괜히 붙은 게 아니구나 하는 생각이 들었다.
전혀 예상하지 못한 전개였지만 어떻게든
그를 이용해볼 생각이던 수빈에게는 나쁘지
않은 상황이었다.

종호와 영화를 보고 저녁을 먹으면서,
수빈은 어떻게 하면 그를 움직일 수 있을까
계속 생각했다. 우선은 여자 친구로 그의
마음을 사로잡을 필요가 있었다. 수빈은
종호의 머릿속에 아빠의 이미지를 만들 수
있게 퍼즐 조각을 하나씩 던져주었다. 어른이
된 딸의 사생활에 참견하는 아빠, 엄격하고

고지식한 모습부터 밑그림을 그렸다. 같이 있다가 갑자기 통금 시간이 다 되어간다고 일어났다. 몇 번이나 같은 상황이 반복되자 종호가 짜증을 내기 시작했다. 그는 아빠에게 저항하지 못하는 수빈을 답답하게 생각했다. 수빈은 종호를 움직이기 위해 다음 단계로 넘어갔다. 아빠에게 저항하면 무슨 일이 생기는지 보여줄 필요가 있었다. 하룻밤 외박하면 어떤 일이 기다리고 있는지 알아?

열흘 동안 연락을 끊었다. 그동안 오는 부재중 전화와 문자들로 종호가 얼마나 애타게 자신의 연락을 기다리는지 확인했다. 적당히 온도를 높였다고 생각한 수빈은 종호를 만나 그동안 자신이 만들어놓은 시나리오대로 계부에게 끔찍한 일을 당하고 있는 딸의 모습을 연기했다. 그렇지 않아도 열흘 동안 혼자 질주하고 있던 종호는 수빈의 이야기에 폭발했다. 그의 표정을 보면 당장이라도 아빠를 찾아 뛰쳐나갈 것 같았다. 굳이 수빈이 제안할 필요도 없었다. 그의 입에서 먼저 아빠를 죽이겠다는 말이 나왔다. 수빈은 다시 한번 종호의 마음을 확인하기 위해 '아빠'라는 존재가 살아 있는 한 우리는 만날 수 없다고 말했다. 그것으로 종호를 움직이는 방아쇠는 당겨졌다.

자신에게 맡기라는 종호의 말에 수빈은 아빠에 대한 정보를 주고 조용히 기다렸다. 한동안 연락이 없었다. 아무리 외골수라고 해도 쉽지 않겠지. 이건 사람을 죽이는 일이니 고양이에게 활을 쏘는 것과는 다르다. 마음의 준비를 할 시간이 필요하겠지, 라는 생각에 더 기다려보기로 했다. 드디어 그에게 연락이 왔다. 모든 준비를 끝낸 비장함이 느껴지는 목소리였다.

'기다렸어.'

이제 내일 저녁 집으로 돌아가면 모든 건 다 끝나 있겠지.

만약 일이 잘못되어 종호가 잡히면 어떻게 될까 하는 생각을 안 해본 것은 아니다. 그것을 위한 시나리오도 따로 준비해두었다.

대학 때 알던 선배였는데 우연히 다시 만난 사이. 그런데 그 뒤로 수빈을 따라다녀 몇 번 만나기는 했다. 하지만 너무 집착이 심해 만나는 걸 피하자, 스토킹을 시작하고 나를 협박했다. 이런 시나리오를 뒷받침하는 증거를 만들기 위해 수빈은 문자와 톡처럼 증거로 남겨질 부분에서는 조심스러운 태도를 유지했다.

'아빠 때문에 못 나간다. 시간을 낼 수 없다. 기다리지 마라. 이렇게 힘들게 하지

말아달라…….'

연락을 끊은 열흘 동안 종호가 보낸 문자와 부재중 전화 건수만 해도 그의 스토킹을 입증하는 강력한 증거가 될 거라 확신했다. 하지만 수빈에게 가장 좋은 결말은 범인이 잡히지 않고 이 사건이 종결되는 것이다.

집을 나와 대문을 닫은 수빈은 엄마와 함께 이 집에 처음 오던 때를 떠올렸다. 일이 끝나면 가장 먼저 이 집을 팔아버리자. 아빠가 살해당한 집에서 살고 싶지는 않으니까.

주택가 골목을 벗어나며 수빈은 문득 이 집을 팔면 얼마나 받을까 궁금해졌다.

6

저녁 8시가 넘은 시각, 집에 도착하니 담

너머 집 안은 고요하기만 했다.

수빈은 대문을 열기 전 잠시 깊게 숨을 들이마시며 앞으로 눈앞에 벌어질 일들을 받아들이기 위한 마음의 준비를 마쳤다.

대문을 지나 현관문을 여는데 자신도 모르게 손이 떨렸다. 집 안은 어둡고 서늘했다. 수빈은 익숙하게 스위치를 찾아 불을 켰다. 거실에 누워 있을 아빠의 모습을 상상하며. 그러나 거실은 깨끗했다. 가방을 내려놓고 안방 문을 열었다. 침대는 잘 정돈된 채 비어 있었다. 어떻게 된 거지? 고개를 돌리는 순간 현관문을 닫고 거실로 들어서는 종호의 모습이 보였다. 수빈은 생각지도 못한 종호의 등장에 놀라 뭐라 말도 하지 못하고 멍하니 그가 다가오는 모습을 지켜보았다.

종호는 익숙한 듯 주방으로 가서 장식장 서랍을 열고 위스키와 두 개의 술잔을 꺼냈다.

겨우 정신을 차린 수빈이 종호에게 다가가
물었다.

"뭐야, 지금 여기서 뭐 하는 거야?"

"기다렸지. 너와 이야기를 좀 하려고."

종호의 말투에 미묘한 냉기가 흘렀다.
수빈은 하룻밤 사이 무슨 일이 생긴 건지
궁금했다. 지금은 종호와 이야기를 하는
게 중요한 게 아니다. 아빠, 아니 백동우 그
인간을 어떻게 했는지가 우선이다. 죽인 거야?
계획대로 성공한 거야? 아님 일을 벌이지도
못한 거야?

"무슨 얘기? 아빤 어떻게 된 거야? 끝낸
거야?"

"끝냈냐고? 아, 죽였냐고. 궁금해? 하긴
그게 제일 궁금하겠지. 그런데 나도 궁금한 게
있어서 말이야."

수빈은 차츰 종호의 말투가 거슬리기

시작했다.

"이 거짓말은 어디서부터 시작된 걸까? 왜 나한테 이런 거짓말을 한 걸까?"

"무, 무슨 말이야. 거짓말이라니?"

종호의 한쪽 입꼬리가 올라갔다.

"내가 쉬워 보였어? 생각도 없이 네가 시키는 대로 움직일 줄 알았어?"

수빈은 잠자코 종호가 하는 말을 들어보기로 했다. 무엇 때문에 종호가 이런 행동을 하는지 확인할 시간이 필요했다.

"너의 거짓말, 내가 어떻게 눈치챘는지 궁금하지 않아? 네가 알려준 비밀번호를 누르고 집에 들어와서 내가 가장 먼저 한 일이 뭐였을까?"

"……"

"지하실이야. 네가 감금되어 있었다던 지하실을 찾으려고 집 안을 뒤졌지. 그런데

없더라? 분명 열흘 동안 감금되어 있었다고

하지 않았던가?"

아차 싶었다. 자기 딸을 10년 넘게

지하실에 감금하고 아이까지 낳게 했다는

미국의 뉴스를 보고 그 아이디어를

생각했는데, 설마 종호가 이 집에 들어와

지하실부터 찾아볼 거라고는 생각하지

못했다.

"사실 그 전부터 이상하다는 생각은 했어.

일주일 동안 네 아빠를 미행하면서 계속

지켜봤거든."

"아빠를 미행했다고?"

수빈은 놀라서 종호의 얼굴을 쳐다보았다.

"첫날부터 네 말은 믿을 게 못 된다는

걸 알았지. 뭐 그래도 상관없었어. 네 연극에

속아줄 생각도 있었으니까. 그렇게 해서 네가

아빠 재산을 차지하면 나도 한몫 챙길 수

있으니까.”

“무, 무슨 소리야?”

“그런데 말이야, 이런 생각이 들더라. 돈
때문에 멀쩡한 아버지를 죽일 생각을 하는
애가 살인을 저지른 남자 친구를 과연 가만히
내버려두고 한몫 챙겨줄까? 결국 이용만
당하고 말 거란 생각이 들었지.”

종호는 두 개의 술잔에 위스키를 따르고
병뚜껑을 닫았다. 수빈은 타는 듯한 갈증을
느꼈다. 어떻게든 종호를 어르고 달래서
아빠가 오기 전에 쫓아내야 한다는 생각이
들었다. 마침 아빠가 집을 비워 다행이다
싶었다.

“나가, 나가서 이야기해. 여긴 위험해.
아빠가 언제 올지 모르잖아?”

“아빠가 올 거라고 생각해?”

수빈은 놀란 눈으로 종호를 노려보았다.

지금 자기를 놀리는 건가 싶었다.

"뭐야, 장난해? 똑바로 말해. 아빠 죽인
거야? 확실해?"

"아니면 내가 이 시간에 왜 널 기다리고
있겠어?"

수빈은 종호를 바라보며 이 상황을
어떻게 받아들여야 할지 고민했다. 이렇게
집 안에서 자신을 기다린 종호의 의도가
궁금했다.

"뭐야, 원하는 걸 말해."

"내가 뭘 원할 거 같아?"

수빈은 눈을 가늘게 뜨고 종호를
바라보았다. 종호가 하는 말의 의도를
파악하려고 애썼지만 쉽지 않았다. 생각지
않았던 전개에 머리가 잘 돌아가지 않았다.

'원하는 것을 얻으려면 머리를 써, 머리를.'

엄마의 목소리가 들리는 것 같았다.

수빈은 미소를 지으며 종호를 쳐다보았다. 지금 종호의 기세에 눌리면 안 된다. 이 상황을 주도하는 건 내가 되어야 해.

"너도 한몫 챙겨야겠다고 했지? 그럼, 지금은 우리의 계획대로 움직여야 하지 않을까? 원하는 걸 얻으려면 내가 하라는 대로 하란 말이야. 아빠 도대체 어디 숨겨둔 거야? 죽인 거 맞아?"

"확인하고 싶어?"

종호의 시선이 수빈의 어깨 너머 서재를 향했다. 수빈은 얼른 몸을 돌려 서재로 걸음을 옮겼다.

그때 서재의 문이 열리고 누군가 걸어 나왔다. 수빈은 걸음을 멈추고 비명을 삼켰다. 아빠가 서 있었다. 그의 손에는 핸드폰이 들려 있었다. 그는 가만히 핸드폰 버튼을 눌렀다.

아빠는 얼어붙은 채 서 있는 수빈의 곁을
지나쳐 종호에게 다가갔다. 종호는 그에게
술잔을 내밀었다. 둘은 수빈은 아랑곳하지
않고 술잔을 부딪치고 위스키를 마셨다.

"두 사람 어떻게……? 아빠, 이 사람이
뭐라고 했는지 모르지만 오해야. 내 말 좀
들어봐."

수빈의 말에 아빠는 아무 말 없이
핸드폰의 앱을 재생했다.

'……아빤 어떻게 된 거야? 끝낸 거야?'

'아, 죽였냐고. 궁금해? 하긴 그게 제일
궁금하겠지. 그런데 나도 궁금한 게 있어서
말이야.'

조금 전 수빈과 종호가 주고받았던
말들이 녹음되어 흘러나왔다. 자신의
목소리를 들은 수빈의 얼굴은 창백해졌다.

수빈의 아빠는 핸드폰 앱을 끄고

나지막이 말했다.

"짐 싸라. 네가 어디를 가든, 뭘 하든 이젠 남이다. 네 엄마를 생각해서 원룸은 하나 얻어줄 생각이다. 두 번 다시 내 앞에 나타나지 마라."

아빠의 말에 수빈은 아무런 대꾸도 하지 못하고 입술을 깨물다가 자신의 계획을 망친 종호의 얼굴을 노려보았다.

종호는 입가에 묻은 술을 닦아내며 수빈에게 다가왔다. 뭐라 말을 하려던 종호는 수빈에게 건넬 말이 없다는 사실을 깨달았다. 종호는 그대로 수빈의 곁을 지나쳐 현관문을 나섰다.

수빈은 어떻게 해서든 이 상황을 해결해야겠다는 생각으로 아빠를 쳐다보았지만 그는 이미 안방으로 들어가 문을 닫아버린 뒤였다.

혼자 남은 수빈은 그대로 거실에
주저앉았다.

❖

종호는 주택가 골목을 빠져나왔다.
머릿속이 텅 빈 채로 횡단보도 앞에 서 있던
종호의 어깨에 무언가 툭 떨어졌다. 고개를
들어보니 길 한편에 높게 자란 목련나무가
보였다. 가지마다 한껏 피었던 목련꽃이
시들어 바람에 툭툭 떨어지고 있었다. 종호는
바람에 날리는 목련을 바라보며 지난 몇 달간
뭔가에 홀린 듯 보낸 시간들을 떠올렸다.
홀린 게 맞다. 아직도 멍하니 정신이 흩어지고
있다.

종호는 두 손을 들어 힘껏 자신의 뺨을
때렸다. 그제야 조금 정신이 들었다. 돌아가면

고시원 짐부터 싸기로 결심했다. 허튼짓은 그만 끝내야지.

신호등 불빛이 바뀌자 종호는 도로 위로 걸음을 내디뎠다.

작가의 말

미혹, 무엇에 홀려 정신을 차리지 못함.

그런 적 있으신가요? 생각지도 못한
일인데 정신을 차려보니 어느새 너무 깊이
발을 담가 빠져나올 수 없거나 분위기에
휩쓸려 원하지도 않은 일을 하겠다고 나선
경험.

꽤 오래전 경험인데 광화문 교보문고
앞을 걷다가 '영이 맑아 보인다'며 불러
세우는 사람을 만난 적이 있습니다. 무심히

길을 걷던 저는 그 사람을 따라 어떤 사무실까지 가게 되었습니다. 그곳에서 10분 정도 이야기를 나누고 사무실을 나서는 저의 손에는 24개월 할부 계약서와 어떤 물건이 들려 있었습니다. (다행인지 아닌지 종교 집단은 아니었습니다.) 사무실을 나서는 순간, 뭔가 잘못되었다는 것을 알면서도 차마 돌아가 물리지 못하고 꽤 오래 이 일의 뒷감당을 위해 허덕여야 했습니다.

《나의 여자 친구》는 뭐라도 하는 시늉은 하지만, 살아갈 의욕도 없이 하루하루를 흘려보내고 있는 고시생 종호가 주인공입니다. 대학 시절 얼굴을 알던 여자를 우연히 만나고 둘은 그날부터 사귀게 됩니다. 여자를 만나면서 시늉뿐이던 공부는 더 뒷전이 되고 이제 그녀와의 연락만이 그의

생활을 차지합니다. 그녀의 삶에 매이면서
종호는 점점 깊은 어둠 속으로 빠져듭니다.

살 생각도 없던 물건을 사 들고 집에
돌아온 뒤로 한동안 저는 무엇에 홀린 것
같던 그 경험에 대해 꽤 오래 생각했습니다.
왜 그렇게 아무 생각 없이 사무실로 따라가고
그가 하는 말에 이끌려 계약서를 썼을까?
말 그대로 '아무 생각이 없었기' 때문입니다.
그는 아마도 그런 저를 발견하고 먹잇감으로
삼았을 겁니다.

정신을 바짝 차리고 자신의 일에
집중하며 사는 사람에게는 유혹의 손길이
닿지 않습니다. 여자 친구에게 홀려 정신없이
끌려다닌 끝에야 종호는 자신이 생각 없이
살아가고 있었다는 것을 깨닫습니다.

조심하세요. 미혹당하지 않게.

방심한다면, 당신의 손에 피가 묻어 있을지도 모릅니다.

2023년 9월

서미애

- 31

나의 여자 친구

초판 1쇄 인쇄 2023년 9월 15일
초판 1쇄 발행 2023년 10월 11일

지은이 서미애
펴낸이 이승현

출판2 본부장 박태근
스토리 독자 팀장 김소연
편집 강소영 곽선희 김해지 이은정 조은혜
디자인 이세호

펴낸곳 ㈜위즈덤하우스　　**출판등록** 2000년 5월 23일 제13-1071호
주소 서울특별시 마포구 양화로 19 합정오피스빌딩 17층
전화 02) 2179-5600　　**홈페이지** www.wisdomhouse.co.kr

ⓒ 서미애, 2023

ISBN　979-11-6812-732-6　04810
　　　　979-11-6812-700-5 (세트)

값 13,000원

한 조각의 문학, 위픽 (wefic)